# LI

# À LA CON



Stéphane Garnier

FIRST
Editions

ISBN : 978-2-412-02382-2
Dépôt légal : juillet 2017

Imprimé en Italie

Couverture et mise en pages : Olivier Frenot

Éditions First, un département d'Édi8
12, avenue d'Italie
75013 PARIS – France
Tél. : 01 44 16 09 00
Fax : 01 44 16 09 01
E-mail : firstinfo@efirst.com

Site Internet : www.editionsfirst.fr

# Cerveaux

La légende raconte que le jour de la distribution des cerveaux la plupart des foot-balleurs étaient partis pisser.

## Tatouage

La légende raconte que dans trente ans il y aura des milliers de mamies avec un tatouage tribal sur les fesses.

# Cancer

La légende raconte que d'ici quelques années on aura tous un cancer, mais qu'avec Alzheimer on ne s'en souviendra pas !

## Retraite

La légende raconte qu'après le dernier tournage de *Star Wars* Chewbacca a pris sa retraite au Portugal.

# Pain perdu

La légende raconte que pas une fois dans l'Histoire le pain perdu n'est parvenu à retrouver son chemin.

## Bac à légumes

La légende raconte que le premier bac à légumes est né lorsque le premier célibataire se mit en couple, et qu'il fit l'erreur de montrer à sa compagne le bac à bières dans le frigo, pour qu'elle sache où il se trouve.

## Footballeur

La légende raconte que la première phrase qu'a dite Patrick Vieira en arrivant au mondial du football c'est : « Et alors, on n'attend pas Patrick ? »

# Vieillesse

La légende raconte qu'avant les progrès de la médecine les roux ne vieillissaient pas, ils rouillaient.

## Divorce

La légende raconte qu'il y a peu encore, le divorce ne coûtait rien, juste un coup de pelle et un trou dans le jardin.

## Poésie

La légende raconte que le premier poète qui a comparé la vie à une rose l'a aussi comparée à du papier toilette en ajoutant ce dernier vers : « La vie, c'est soit tout rose, soit plein de merde. »

## Schizophrène

La légende raconte qu'un jour un schizophrène s'est lui-même rencontré sur Meetic… il est toujours ensemble.

## Chaînes à faire suivre

La légende raconte qu'une personne est morte plus de 546 fois en ne renvoyant pas les chaînes de vœux.

# Elvis

La légende raconte qu'un jour la mère d'Elvis lui a tendu des oranges et lui a dit : « Elvis Presley ! »

## Jour supprimé

La légende raconte qu'au début du XIXe siècle le patronat a fait supprimer le jour qui se trouvait entre le samedi et le dimanche.

# Mois ajouté

La légende raconte inversement, et pour compenser ce jour manquant, que le mois de juillet a été rajouté au calendrier par l'Éducation nationale au sortir de la Seconde Guerre mondiale.

## Maître du monde

La légende raconte que d'ici quelques années les Asiatiques régneront sur le monde, mais pas demain, car demain, c'est couture chez Nike.

## Génies

La légende raconte qu'à un moment nous avons tous été des génies, souvent entre le CP et le CM1, c'est après que ça s'est gâté.

# Évolution

La légende raconte que les jeunes de l'UMP d'hier sont les vieux du PMU d'aujourd'hui.

## Dernier repas

La légende raconte que durant le dernier repas, après le pain et le vin, Jésus aurait ajouté : « Prenez et fumez cette herbe, ceci est ma barbe. »

## Doudou

La légende raconte qu'à une époque sucer son pouce, c'était tromper son doudou.

## Rêve

La légende raconte que les premiers acteurs de la télé-réalité nous ont vendu tellement de rêve qu'ils ont été obligés de le déclarer aux impôts.

## Sport

La légende raconte qu'un jour, au collège, un professeur de sport a fait du sport avec ses élèves.

## Profil

La légende raconte que le premier graphiste de Facebook était égyptien, et qu'il démissionna quand il s'aperçut que toutes les photos de profil étaient prises de face.

# Nouvelles fonctionnalités

La légende raconte que dans la prochaine génération de portables, il y aura une fonction automatique qui s'activera dès la deuxième tournée d'apéritif pour afficher : « Es-tu sûr de vouloir envoyer ce SMS ? »

## Équipe de France

La légende raconte que Pinder fut le premier sponsor officiel de l'équipe de France.

# Emblème

La légende raconte que dès 2017 le poney devrait remplacer le coq comme emblème de la France.

## Yes we can

La légende raconte que le « *Yes we can !* » de Barack Obama aurait été inspiré par le post « *Yes week-end !* » d'un cadre d'Orange, placardé sur son mur Facebook un vendredi soir.

# Pléonasme

La légende raconte que dès sa création « La SNCF est en grève » a été adopté comme un pléonasme par l'Académie française.

## Slogan

La légende raconte que le premier slogan créé pour Pôle emploi était : « L'important c'est de participer ! »

## Étrangeté des dates

La légende raconte que sur Terre nous sommes tous nés, sans exception, entre le 1er janvier et le 31 décembre, années bissextiles comprises.

## Nostalgie

La légende raconte que le jour où notre génération entendra David Guetta sur Nostalgie, ce sera en voiture, en revenant d'un rendez-vous chez le proctologue.

## Terminal

La légende raconte que c'est à la suite de la première catastrophe aérienne que les salles d'embarquement ont été rebaptisées « Terminal ».

# Mariage

La légende raconte que depuis que le mariage existe, vingt ans après la cérémonie, les hommes se souviennent toujours de leur enterrement de vie de garçon, quand les femmes sont capables de se remémorer le moindre détail du jour de leur mariage.

## Match

La légende raconte qu'à une époque on rediffusait la « main » des footballeurs pendant un match, pas leur *sextape*. On avait la main de Henry, et aujourd'hui on a le slip de Ribéry.

## Le premier des abrutis

La légende raconte que le premier qui mangea une salade au McDo fut également le premier qui demanda un câlin à une prostituée.

## Stars d'hier

La légende raconte que la plupart des beaux gosses et des nanas tops du lycée sont devenus des grosses mochetés, et de super losers à l'heure actuelle. Et ça fait du bien.

# Premier inscrit

La légende raconte que le premier inscrit sur Facebook s'emmerdait fermement.

## Langue française

La légende raconte que depuis quelques années la langue française s'est enrichie de milliers de paraboles… aux fenêtres d'Internet.

## Première dent

La légende raconte qu'à une certaine époque la première dent que perdait un enfant, c'était après avoir répondu à ses parents.

## Polygamie

La légende raconte que pour la nouvelle génération la polygamie consiste à jouer à plusieurs jeux vidéo en même temps.

## Heure du décès

La légende raconte que Jeanne d'Arc s'est éteinte le 30 mai 1431 à Rouen, environ trois heures après sa mort. Certains disent d'autre part qu'elle fut considérée comme la première véritable femme au foyer.

## À l'école

La légende raconte que si à l'école on nous apprend le passé simple, c'est pour mieux nous cacher le futur compliqué.

# CDI

La légende raconte qu'en 2064 il ne restera plus que deux CDI en France, ils seront exposés respectivement au Louvre à Paris et au Mucem de Marseille, capitale européenne de la culture.

## Instant misogyne

La légende raconte qu'une mère n'a pas vu ses enfants pendant près de quatre ans, malgré les appels incessants de son mari… Elle tenait absolument à terminer seule son créneau.

## Thalès

La légende raconte que c'est alors qu'il promenait son chien que Thalès inventa son théorème.

# Régime

La légende raconte que toutes celles qui au 1er juin ont décidé de suivre un régime se sont fait distancer avant la fin de la première semaine !

## Fête nationale

La légende raconte que pour des raisons de parité la fête du Travail du 1er mai s'équilibrera désormais avec la fête du Chômage du 1er juin, dès 2017, compte tenu de la masse des populations concernées.

## Nouvelle saison

La légende raconte que le 10 octobre signe officiellement l'ouverture de la saison des tétons qui pointent.

# Jeanne d'Arc

La légende raconte qu'en arrivant au paradis Jeanne d'Arc aurait demandé de la Biafine !

# Dentier

La légende raconte que le premier Marseillais qui a eu une érection s'est cassé les deux dents de devant.

## Relativité du temps

La légende raconte qu'un jour sur Mercure dure plus de 1 400 heures, comme un lundi sur Terre…

## Moustique

La légende raconte qu'un jour un moustique a piqué Depardieu… Il est mort d'un coma éthylique.

## Gant

La légende raconte que les gants ont été inventés par un esquimau frileux qui possédait cinq pénis.

## Absentéisme

La légende raconte que le taux d'absentéisme des professeurs s'expliquerait par les panneaux « Attention école » aux abords des collèges.

# Foot

La légende raconte que le football a été inventé pour distraire le public pendant les concerts de *vuvuzela*.

## Embuscade

La légende raconte que les plus grandes embuscades du siècle ont toujours commencé par cette phrase : « Allez viens, on va juste boire un verre ! »

## Seconde langue

La légende raconte qu'à l'ENA la deuxième langue obligatoire, c'est la langue de bois.

## Jouet

La légende raconte que le premier homme qui a dit « OK, tu peux jouer avec ma bite, mais ne t'éloigne pas trop ! » n'était pas blanc.

## Vœu

La légende raconte que si chaque soir on se concentre pour exprimer le même désir avant de s'endormir, au bout de dix jours, il ne se passera rien du tout.

## Taxi

La légende raconte qu'un jour un chauffeur de taxi a fait sa course sans gonfler son client en lui racontant sa vie ou en insultant les autres automobilistes.

## Geek

La légende raconte qu'un jour un geek a mis le nez dehors, mais il est retourné immédiatement devant son écran, car il trouvait que le graphisme n'était pas terrible.

## Semaine

La légende raconte que la semaine de cinq jours a été inventée pour pouvoir se remettre du week-end.

## Hyper

La légende raconte qu'au commencement, les hyperboles ont été inventées pour boire de l'hypersoupe.

## Dieu

La légende raconte, d'après d'anciens écrits, que lorsque Dieu eut fini de créer l'homme, il dit : « Je ne pourrai pas faire mieux. »

## Canadiens

La légende raconte qu'une fois par an, les Canadiens se baladent nus dans la forêt comme les caribous libertins.

## Réchauffer un café

La légende raconte que si l'on crie pendant 8 ans, 7 mois et 6 jours, on produit assez d'énergie à travers le son pour chauffer une tasse de café.

## Journée de la femme

La légende raconte qu'avant de devenir la journée de la Femme le 8 mars était autrefois la journée du Don d'orgasme.

## Einstein

La légende raconte qu'au moment de sa mort Einstein aurait ajouté à son célèbre principe : « Tout est relatif… Seule la vodka est Absolut ! »

## Reconversion

La légende raconte qu'avant de devenir scientifique l'un des frères Bogdanoff était maire de Menton.

## Les chats

La légende raconte qu'avant de devenir le meilleur boulet de l'Homme les chats étaient autosuffisants et chiaient eux-mêmes leurs croquettes.

## Méduse

La légende raconte que les méduses ont survécu des centaines de millions d'années sans cerveau, ce qui reste une excellente nouvelle pour les cons.

## Mécheux

La légende raconte qu'un jour les mécheux domineront le monde mais pas demain. Demain il y a du vent.

# Pleurs de bébés

La légende raconte que si les bébés hurlent à la naissance c'est à cause de la dette nationale à rembourser et de l'état du monde que leur ont légué leurs parents.

## Gant de toilette

La légende raconte que jamais personne n'a réussi à remplir un gant de toilette avec de l'eau, et pourtant tout le monde a essayé.

## Laverie

La légende raconte que, depuis la nuit des temps, les milliers d'hommes qui ont rêvé de rencontrer des créatures sublimes en allant à la laverie sont toujours rentrés chez eux avec un paquet de linge encore vaguement humide.

## Avion

La légende raconte que l'avion aurait été inventé à la suite de l'observation d'une maman tentant de faire manger sa bouillie à son enfant de 2 ans.

# Réunion d'anciens élèves

La légende raconte que les réunions d'anciens élèves ont été inventées pour que chacun se rassure sur le physique et la vie de merde que les autres ont des années plus tard, par rapport à la leur.

## Pêcheur

La légende raconte qu'entre le moment où le pêcheur marseillais sort le poisson de l'eau et le moment où il en parle à ses amis, la croissance du poisson s'accélère de vingt centimètres après chaque pastis.

## Patronyme

La légende raconte que les Tortues Ninjas ont donné leurs noms à nombre d'artistes de la Renaissance.

## Alzheimer

La légende raconte que l'Allemand qui a découvert Alzheimer ne se souvient plus de son nom.

# Vin

La légende raconte que Jésus transformait l'eau en vin, on ne sait toujours pas qui, par la suite, a transformé le vin en vomi.

## Un veto chez Colissimo

La légende raconte qu'à l'époque de Sarkozy, à l'Élysée, on avait interdit les livraisons d'escabeaux.

## Vache à lait

La légende raconte que le premier homme qui a découvert que les vaches produisaient du lait, en tirant sur le pis, ne cherchait pas du tout du lait à ce moment-là.

## Dictionnaire

La légende raconte qu'on a déjà trouvé des mots mal orthographiés dans le dictionnaire, mais que personne n'a réussi à le prouver.

# Boîte noire

La légende raconte qu'aucun ingénieur n'a jamais pensé à construire un avion complet avec le même matériau que celui utilisé pour fabriquer la fameuse boîte noire indestructible.

## Kamikazes

La légende raconte que pendant la guerre on obligeait les pilotes kamikazes à porter un casque afin qu'ils ne prennent pas la grosse tête.

## Lutte d'académiciens

La légende raconte que l'inventeur du mot « Séparé », en un mot l'a fait pour emmerder celui qui avait créé l'expression « Tous ensemble », en deux.

## Souvenirs

La légende raconte que le meilleur moyen de se souvenir d'une soirée arrosée est de consulter son compte en banque.

# Narcissisme

La légende raconte que pour le dernier qui a dit : « Qui m'aime me suive ! », on a dû louer douze cars !

## Antivol

La légende raconte que jamais personne n'a réussi à insérer l'antivol du Caddie sur lui-même, et pourtant, tout le monde a essayé.

# Foot

La légende raconte que ça fait des années que l'équipe de France nous prend pour des bleus.

## Penderie

La légende raconte qu'un jour, en ouvrant sa penderie, une femme s'est exclamée: « Génial ! J'ai l'embarras du choix ! »

## La femme

La légende raconte que Dieu créa la femme et puis se dit : « Bof, elle se maquillera ! »

## Photoshop

La légende raconte que Photoshop a été inventé quand on s'est rendu compte que Biactol n'avait jamais fonctionné.

## Beauté intérieure

La légende raconte que la beauté intérieure est un concept inventé par les moches.

## Brevet

La légende raconte que c'est un Belge britto-germain qui aurait déposé le brevet de la bière courante au robinet.

## Pause publicitaire

La légende raconte que les femmes attendent toujours le moment clé du film pour vous raconter une anecdote de leur journée. Jusqu'à aujourd'hui, aucun témoignage n'a rapporté qu'une seule ait attendu la coupure publicitaire pour cela.

## Sacrifice humain

La légende raconte que le sacrifice de Kanye West apaiserait tous les tsunamis, éruptions volcaniques et autres catastrophes naturelles de par le monde.

## Problèmes de dos

La légende raconte qu'à Marseille la plupart des hommes ont des problèmes de dos à cause du poids de leur sexe.

# Parfum

La légende raconte que le créateur du parfum *Dior Homme* l'a baptisé ainsi parce qu'il avait des hémorroïdes… Il suffisait de lire le nom à l'envers pour confirmer cette légende.

## Aspirateur

La légende raconte qu'un jour un mec a passé l'aspirateur sans s'en vanter pendant des semaines à chaque repas entre amis.

## Le monde

La légende raconte que Dieu créa le monde en sept jours... Tout le reste, c'est *made in China*.

# Bonne entente

La légende raconte qu'auparavant le courant passait mal entre les jeunes et la police, et puis le Taser est né.

## Cochonnaille

La légende raconte que les cochons ne seraient en réalité que des sangliers ayant suivi une chimiothérapie.

## Anniversaire

La légende raconte qu'un jour un homme s'est souvenu de l'anniversaire de sa rencontre avec sa femme avant elle.

## Une mer démontée

La légende raconte que le jour où les Verts seront champions de France, on démontera la mer de Marseille pour l'installer à Saint-Étienne.

# Facile

La légende raconte que chaque fois qu'une personne a lu sur un emballage « Ouverture facile », sa première phrase fut : « Passe-moi les ciseaux, ça me gonfle ! »

## Les cons

La légende raconte que c'est toujours les cons qui l'emportent dans la vie. Question de nombre !

## Cinq fruits et légumes

La légende raconte que la plupart des personnes qui mangent cinq fruits et légumes par jour finissent toujours par caler à la troisième pastèque.

## Boucheries chevalines

La légende raconte que si la plupart des boucheries chevalines se trouvent en face des PMU, c'est pour que les perdants puissent se venger.

# Parking

La légende raconte que lorsque l'on sort d'un pub, passé une certaine heure, la place de parking où l'on s'est garé a toujours été déplacée pendant ce laps de temps d'au moins trois rues.

## Fraternité

La légende raconte que plus des trois quarts de la population mondiale vivent en réalité en harmonie au sein d'une même nation : l'État d'ébriété.

# Sucre

La légende raconte que depuis toujours, à l'intérieur de nos placards, le sucre blanc se fout de la gueule du sucre roux.

# De l'ennui

La légende raconte qu'un jour, en cours, un élève a tenu plus de cinq minutes sans regarder sa montre.

## Balnéothérapie

La légende raconte qu'on a inventé les centres de balnéothérapie afin de prescrire des bains de boue aux petits vieux pour qu'ils s'habituent à la terre.

## Bon élève

La légende raconte qu'un jour un élève n'a pas fait semblant d'écrire alors que le professeur cherchait du regard un élève à interroger.

# Sponsor

La légende raconte que le hérisson de Spontex est en réalité sponsorisé par Viagra pour parvenir à se taper une éponge.

## Ado

La légende raconte qu'un jour un ado s'est levé un dimanche matin avant midi.

## Harry Potter

La légende raconte qu'une scène de *Harry Potter* aurait été coupée, en effet, alors qu'il tentait une approche délicate. Il aurait dit : « Vas-y, Hermione ! Enchante-moi la baguette ! »

## Mort

La légende raconte qu'on ne meurt qu'une fois, arrivé à la fin de sa vie.

# Histoire de femme

La légende raconte que le plus court chemin vers le cœur d'un homme, c'est de lui ouvrir la poitrine en deux.

## Un signe

La légende raconte que si l'on voit un canard blanc au milieu d'un lac, c'est souvent un signe.

## Chanson

La légende raconte que la chanson « I believe I can fly » est née le jour où son auteur a poussé sa professeure d'anglais dans l'escalier.

## Divorce

La légende raconte que dans le Nord, même lorsqu'un couple divorce, ils restent frère et sœur.

# Voisinage

La légende raconte que nous vivons tous, sans exception et quel que soit le pays, à proximité de notre voisin.

## Bombe atomique

La légende raconte que si l'on pète sans interruption pendant six ans et neuf mois on produit assez de gaz pour reproduire l'énergie d'une bombe atomique.

# Éoliennes

La légende raconte que ça n'a rien d'une coïncidence si, depuis que la tektonik a disparu, les éoliennes n'ont cessé de se multiplier.

## Idole

La légende raconte que le matin Francis Lalanne jette un seau d'eau par la fenêtre pour disperser ses fans.

# Cocus

La légende raconte que 30 % de tous nos contacts sur les réseaux sociaux sont cocus. Quand on a 4 000 amis ça fait du monde.

## Lipton

La légende raconte que faute d'accords de branche les employés de chez Lipton n'ont jamais eu droit à une pause-café.

## Places handicapés

La légende raconte que les places pour handicapés devant les patinoires ont été inventées afin que ceux qui en ressortent sur un brancard puissent y revenir ensuite.

## Orteil

La légende raconte que le petit orteil a été inventé pour détecter les coins de porte et les pieds de meuble.

# Épidémie

La légende raconte que lors de la dernière épidémie de gastro, faute de vaccin, la ministre de la Santé avait commandé 165 millions de rouleaux de papier toilette.

## Copain-Copine

La légende raconte qu'à l'origine « Copain » désignait une personne avec qui on « partageait son pain ». Puis on a inventé la copine…

## Tapage nocturne

La légende raconte que pour disperser une bande de jeunes qui fait du bruit au pied de l'immeuble il suffit de jeter un Bescherelle par la fenêtre.

## L'œuf et la poule

La légende raconte qu'un jour une poule a dû subir une péridurale, elle avait batifolé avec une autruche.

## Fantasme

La légende raconte que le fantasme le plus répandu au Vatican, c'est : Plaque-moi contre la Bible et insulte-moi en latin.

## Comptage

La légende raconte que nous serions plus de 7 milliards sur Terre, à peine 3 milliards selon la police.

# Boire un cou

La légende raconte que l'expression « J'irais bien boire un cou » a été utilisée pour la première fois par le comte Dracula. Elle est ensuite passée dans le langage populaire en déformant « cou » par « coup », le *p* étant là pour rappeler le « Putain, j'irais bien boire un cou ! » lors de sa transmission populaire.

## Pull-over

La légende raconte qu'il faut trois moutons pour faire un pull-over, mais personne ne sait encore qui leur a appris à tricoter.

# Tour du monde

La légende raconte qu'une auto-stoppeuse brandissant une pancarte « Si tu me prends, je te suce ! » a réussi à faire le tour du monde en moins de quatre-vingts jours !

## Porcelaine

La légende raconte qu'à Limoges, pour produire la porcelaine, avant qu'elle ne vienne de Chine, on faisait s'accoupler des cochons et des moutons.

## Taux de radiation

La légende raconte qu'aujourd'hui, en France, le taux de radiation est plus élevé à Pôle emploi qu'à Tchernobyl.

## Vie sous-marine

La légende raconte que les poissons rouges sont en réalité des spermatozoïdes de baleines.

## Salle de bains

La légende raconte qu'une femme passe en moyenne six ans dans sa salle de bains, quand l'homme, lui, passe trois ans derrière la porte à répéter : « T'as bientôt fini ? »

## Causette de blonde

La légende raconte que depuis l'invention de l'eau oxygénée les vigiles de supermarché ne demandent plus aux blondes de vider leur sac, sinon elles s'assoient par terre et leur racontent leur vie pendant deux heures.

## Tirer un trait

La légende raconte que pour être sûr de ne plus voir une personne, il suffit de lui prêter de l'argent.

## La Poste

La légende raconte que les horaires d'ouverture de la Poste sont fonction du nombre de bières liquidées la veille par le personnel.

## Dans tous les coins

La légende raconte que Dieu a créé la Terre ronde pour éviter qu'il y ait des cons dans tous les coins, mais que, malheureusement, ça n'a pas suffi.

## Montre étanche

La légende raconte qu'on s'est mis à inventer des montres étanches à plus de deux cents mètres de profondeur le jour où un mérou demanda l'heure au commandant Cousteau.

## Infirmière

La légende raconte que pour chaque infirmière que vous croisez dans un hôpital avec un thermomètre sur l'oreille, il y a quelque part un patient avec son stylo dans le cul !

## Dur de la feuille

La légende raconte que l'expression « Être dur de la feuille » remonterait à Adam et Ève au jardin d'Éden… Il paraît qu'elle aurait cueilli la pomme… Il paraît… Impossible en tout cas qu'il soit devenu sourd pour cela !

## Entretien d'embauche

La légende raconte que pour être sûr d'être embauché à la SNCF il faut arriver avec au moins une demi-heure de retard à son entretien d'embauche.

## Solitude

La légende raconte que si les chaussettes se retrouvent souvent seules c'est parce que leur conjointe s'est sauvée avec les couvercles de Tupperware !

## Grand amour

La légende raconte que le grand amour a été inventé à une époque où l'espérance de vie ne dépassait pas les 35 ans !

## Geek

La légende raconte que la maison d'un geek ne peut pas brûler, car elle a un pare-feu.

## Les soldes

La légende raconte que si faire les soldes permet d'économiser jusqu'à 50 %, ne pas les faire garantit d'économiser 100 %.

## Coupe du monde

La légende raconte qu'à la dernière Coupe du monde un Sud-Africain a dit aux Français et aux Italiens : « Vuvuzanalé déjà ? »